Galerie des Peintres célebres.

SÉBASTIEN BOURDON,

Né à Montpellier en 1616.

ESSAI HISTORIQUE

SUR

SÉBASTIEN BOURDON,

PEINTRE DU 17ᵉ SIECLE,

Lu à l'Institut, dans la Séance de la classe des Beaux-Arts, du 25 Octobre 1806,

Faisant suite à la galerie des Peintres célebres,

Par Cʰ. Lecarpentier,

Professeur de l'Académie de Dessin et de Peinture de Rouen, Membre de la Sosiété libre d'Émulation de la même ville, de celle des Sciences, Lettres et Arts de Paris, et de l'Athenée des Arts.

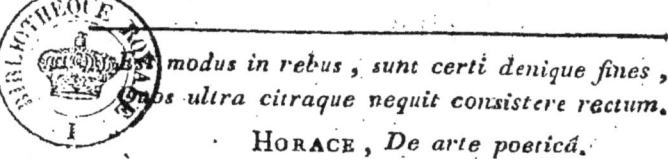

*Est modus in rebus, sunt certi denique fines,
Quos ultra citraque nequit consistere rectum.*

HORACE, *De arte poeticâ.*

IMAGINEZ toutes les ressources du génie le plus abondant, jointes à une facilité sans exemple; et vous n'aurez encore qu'une faible idée du talent de *Bourdon*, qui s'exerça dans tous les genres de la peinture.

A

Né sous le beau Ciel du Languedoc , il reçoit en partage toute la vivacité et la légereté naturelle aux habitans de cette belle contrée. Il annonce de bonne heure ce qu'il doit être un jour dans les arts. Dès l'âge de quatorze ans, il peint à fresque la voûte d'un plafond près de Bordeaux , et il continue de donner dans la suite des preuves de son rare talent pour cet art difficile.

Inconstant dans ses goûts , comme dans sa maniere de peindre , on le vit tout-à-coup embrasser le parti des armes ; puis fatigué bientôt de ce nouvel état , revoler à l'exercice d'un art auquel la nature l'avait si spécialement destiné.

Entraîné, malgré lui, vers le genre de toutes les écoles, il ne peignit jamais deux tableaux de suite dans le même stile. A dix-huit ans, il entreprit le voyage de Rome , où il resta trop peu pour se nourrir des beautés de l'antique , et étudier les chefs-d'œuvre dont cette ville fameuse est remplie. Séduit d'abord par la maniere de Claude le Lorrain , et par celle du Caravage qui était alors fort à la mode ; il cherche à imiter ces deux peintres célebres , mais dont le genre était si différent. Une querelle qu'il a à Rome avec un autre peintre français , qui le menace de le dénoncer à l'Inquisition , sous le prétexte qu'il est de la religion réformée , l'oblige de se sauver à Venise , où la belle couleur du Titien fixe toute son admiration. Attiré vers cette belle partie de la peinture dont ce grand homme a deviné, le premier, les secrets , il parvient à copier avec succès les tableaux du Titien. Il saisit tour-à-tour le

beau faire des autres peintres de l'école Vénitienne.
Tantôt il s'empare du pinceau brillant de Paul Veronese,
de la maniere hardie du Tintoret , pour redescendre
ensuite au genre simple et pastoral des Bassans.

Admirateur du Poussin qu'il avait connu à Rome ,
il compose des tableaux dans le goût de cet homme
incomparable , que celui-ci n'eût peut-être pas désavoué :
mais toujours entraîné par son penchant irrésistible
vers le changement , on le voit aussi-tôt marchant sur
les traces du gracieux Benedette Castiglione , créer des
caravanes ornées de troupeaux nombreux , d'animaux
de toute espece , et rivaliser avec ce maître , dont le
pinceau spirituel et moëlleux n'eût peut-être jamais
d'autres rivaux.

Veut-il s'égayer dans le genre plaisant des bambo-
chades? Il imite, à tromper, Jean Miel , les Both , Pierre
de Laar et les autres peintres de cette école , ses com-
temporains en Italie , et les compagnons de ses plaisirs.
On le croirait né sur les bords de la Meuse lorsqu'il
peint des assemblées de paysans , de buveurs , de
bohémiens , des corps-de-garde qu'il embellit d'armures
et d'accessoires , rendus avec cette vérité et ce fini
précieux qui caractérise l'école hollandaise. On serait
tenté de l'appeler le peintre universel , si un génie
facile , mais qui n'est point alimenté par des études
sérieuses , suffisait pour obtenir le titre de peintre
célebre.

Quand il a voulu peindre des paysages , il a parcouru
différens stiles. Le genre qu'il a le plus souvent adopté,
répand dans l'ame une sorte de mélancolie. Son goût

le porte à représenter ces lieux d'une âpreté sauvage, où d'antiques traditions ont placé les anachorettes de la Thébaïde. Des rochers élevés au dessus des nues, séjour affreux dont la cime en tout temps couverte de frimats, offre à peine un asile aux animaux les plus sauvages. Des cataractes s'échappant avec fracas de leurs gorges profondes descendent en bouillonnant dans des abîmes que l'œil de l'homme n'osa jamais pénétrer sans effroi. Ici des digues écroulées offrent un libre passage à un fleuve dont les eaux grossies vont dévaster au loin les campagnes, et laissent sur leur passage des traces effrayantes, et des débris épars. On croirait que l'imagination ardente de *Bourdon* a voulu retracer les anciens souvenirs des éboulemens d'une partie du globe, et des dévastations des volcans.

Une autrefois inspiré par l'Arioste et le Tasse, on voit naître sous son pinceau les sites délicieux si poétiquement décrits par ces poëtes aimables. Ici sont les lieux enchantés, où Renaud transporté par les amours repose nonchalamment sur le sein d'Armide. Là, près d'un bois sombre et mistérieux, la tendre Herminie panse les blessures de Tancrede. Dans un autre tableau, cette amante timide couverte d'armes trop pesantes pour son corps délicat, est emportée loin des camps par son cheval fougueux, dans un paysage charmant, où tout annonce la paix et la tranquilité. Lieux fortunés qui semblent n'exister que pour être l'asile de cette famille heureuse, dont le respectable chef offre généreusement l'hospitalité à la belle fugitive!

Il n'est aucun des paysages de *Bourdon* qui ne rappelle quelque trait emprunté de l'histoire, de la

poésie ou de la fable , et qui ne présente un nouvel
intérêt.

Après un assez long séjour en Lombardie , le désir
de revoir la France le ramène encore jeune à Paris ,
où il se fait admirer par son heureux génie et son
extrême facilité. On conçoit d'abord les plus grandes
espérances du talent de *Bourdon*.

A 27 ans , il produit son magnifique tableau du
martyr de St. Pierre qui passé pour son chef-d'œuvre ,
et qui a été si long-temps l'ornement de la cathédrale
de Paris , où il faisait l'admiration des artistes et des
amateurs. Ce tableau qui lui a fait tant d'honneur , est
placé maintenant au Musée Napoléon , au milieu des
meilleures productions de l'école française, où il tiendra
toujours un rang distingué malgré quelques légers
défauts dans les plans , et les proportions ; mais qui
sont rachetés par un certain grandiose qui caractérise
cet ouvrage , qui plaira toujours aux artistes , et aux
véritables connaisseurs. Il fut chargé à la même époque
d'une infinité d'ouvrages , et de peindre beaucoup de
portraits qu'il traitait fort bien , et avec une extrême
prestesse. Sa facilité fut si grande qu'il paria de peindre douze têtes d'après nature en un seul jour : il
gagna le pari au grand étonnement de tous les artistes.

Les guerres de la Fronde qui vinrent subitement
paralyser les arts en France , l'arrêterent au milieu de
ses travaux , et il quitta Paris pour se rendre à la cour
de Christine reine de Suede , qui était alors le rendez-
vous de tous les hommes célèbres de l'Europe. Il reçoit
le meilleur accueil de cette princesse , qui se fait aussi-
tôt peindre par *Bourdon* avec la promesse de l'occuper

à des travaux plus considérables. Tous les seigneurs de la cour, à l'exemple de la reine, voulurent avoir leurs portraits de sa main ; mais dégoûté d'un exercice trop répété, il quitte brusquement le séjour de Stockolm, et il revient à Paris, où les circonstances devenues moins orageuses permettent aux arts de reparaître avec un nouvel éclat. Il y trouve pour rivaux, et contemporains, les plus grands peintres qu'ait eu la France. On le nomma professeur de l'académie de peinture et sculpture encore naissante, (monument que le Brun venait de consacrer à la gloire et à la perfection des arts.) et il parvint graduellement à la place de recteur de cette compagnie.

Obligé de travailler sans relâche pour satisfaire tous ceux qui veulent avoir de ses tableaux, il entreprend beaucoup d'ouvrages qu'il exécute avec sa prodigieuse facilité. On vit paraître à la fois des tableaux d'histoire, des portraits, des paysages. Il entreprit aussi de très-grandes machines pour des églises de Paris, et pour différentes villes de France qu'il a exécutés d'un grand style. La galerie qu'il peignit à l'hôtel de Bretonvilliers dans l'isle de Notre-Dame, est un des ouvrages qu'il a le plus travaillé, et qui a fixé sa réputation. C'est là qu'il faut juger du génie de ce peintre qui a enrichi les plafonds et les lambris de cette maison, de traits d'histoire et d'allégories aussi ingénieuses que savantes.

Infatigable au travail, il passait quelquefois des mois entiers sans sortir de son atelier ; mais son extrême vivacité l'empêcha souvent de mettre la dernière main à ses tableaux : aussi ses premieres pensées sont-elles

les meilleures , et il lui arrivait souvent de les gâter en voulant les terminer. Trop pétulant et trop pressé de travailler pour avoir assez approfondi toutes les parties d'un art si difficile , ayant varié si souvent dans son système pittoresque , il n'est point étonnant de rencontrer dans les ouvrages de *Bourdon* , de grands défauts à côté de grandes beautés , jointes à d'étonnans écarts d'imagination.

Le génie de *Bourdon* ressemble à un torrent dont les eaux entraînent tout ce qu'elles rencontrent sur leur passage , et qui bientôt devenu paisible , coule lentement à travers des prairies couvertes de fleurs ; lorsque tout-à-coup arrêté dans sa course par des rochers amoncelés , il s'irrite de la résistance , et redevient furieux. Ainsi le pinceau de ce maître , tantôt fier , tantôt gracieux , rend avec force et énergie les plus grands traits de l'histoire , et sait caresser ensuite avec grace Vénus et les Amours.

Bourdon est souvent si différent de lui même que l'on croirait qu'il n'a pas eu de genre à lui , si on ne le reconnaissait à sa belle maniere de composer , à un certain goût bisarre et quelquefois gigantesque , à sa façon d'ajuster et de coeffer ses figures , à l'air barbare qu'il imprime à ses soldats , et à ses têtes de vieillards. On le distinguerait encore à la longueur qu'il affecte souvent de donner à ses pieds.

On ne peut pas dire que *Bourdon* ait possédé au suprême degré la correction du dessin ; mais il faut remarquer cependant que son style annonce un génie pénétré des beautés de l'antique , lesquels percent toujours à travers le manteau original et sauvage dont il s'enveloppe. Jamais il ne s'écarta des principes sublimes de la bonne école, qu'il ne put méditer assez longuement, mais que sa mémoire heureuse lui retraçait sans cesse. On retrouve dans tous les ouvrages de ce maître, (quelque maniere qu'il ait adopté) son amour et son respect pour les chefs-d'œuvre des anciens. Il saisit toujours l'occasion d'en user à-propos, soit dans ses monumens, soit dans l'agencement de ses figures qui ont un air de simplicité, malgré le luxe apparent qui les couvre.

Bourdon n'a pas toujours cédé à la fougue impérieuse de son génie : ses sujets de métamorphose, et ses tableaux de Ste.-Famille offrent des exemples frappans de sa patience, de son goût délicat, de la légereté de de son pinceau, joint au plus brillant coloris. Il y a aussi de ce peintre de jolis petits tableaux de Chevalet d'une touche fine et d'un ton argentin, qui plaisent infiniment aux connaisseurs.

En examinant avec attention les ouvrages de ce maître, on se persuadera facilement qu'il était pénétré de la lecture des auteurs anciens, et qu'il est peu de ses tableaux qui ne présente quelque trait frappant d'érudition. On voit qu'il a su s'emparer avec goût et discernement des plus beaux traits de l'histoire. Il a prouvé, comme le grand Poussin, qu'un sujet vide d'action n'est pas du domaine de la peinture, et que, la plus belle pensée ne peut pas toujours produire un tableau intéressant : défaut peut-être trop ordinaire chez certains peintres, et qui n'échappe pas aux yeux exercés des véritables amateurs.

On pourrait proposer l'œuvre de *Bourdon* comme un excellent guide , pour se diriger dans la composition d'un tableau. Il indique par l'exemple la maniere de groupper les personnages , de varier les attitudes , et de contraster les membres sans affectation. Avec quel art , et avec quelle grace il sait ajuster ses figures de femmes ! Un voile jetté avec goût ; une écharpe légére et flottante, une simple bandelette heureusement placée produisent sous son pinceau un charme , et ce certain je ne sais quoi , le *molle atque facetum* , saisi par l'homme de goût , qui ne peut s'en rendre compte à lui-même.

Quelle impression ont laissé dans mon ame le respect et l'admiration d'un des plus beaux génies en peinture de nos jours pour les ouvrages de Bourdon ? Parmi les grands modeles qu'il proposait à ses éleves , il citait souvent Bourdon , et avec complaisance , comme un des plus parfaits à suivre dans l'art de composer.

On a vu long-tems dans différentes églises de Paris , plusieurs beaux tableaux de ce maître , dont quelques-uns sont placés au Musée-Napoléon , où on les revoit avec plaisir.

Gardons-nous d'oublier parmi les productions de cet homme étrange , son beau tableau où il a représenté L. Alvanius qui , sortant de Rome avec sa famille après la prise de cette ville par les Gaulois , rencontre le Grand-Prêtre et les Vestales , emportant à pied les vases sacrés , fait descendre de son char toute sa famille pour y faire monter les Vestales. C'est particulierement dans ce tableau qu'il a laissé des preuves de son goût et de son admiration pour l'antique. Les figures sont ajustées du meilleur style, et il s'est plu à conserver à tous les accessoires les formes les plus séveres. Celui où Ulisse fait arracher froidement le jeune Astianax du tombeau d'Hector, malgré les cris déchirans d'Andromaque, les larmes et les prieres des dames Troyennes, n'offre pas un moindre intérêt de style et de composition. On y apperçoit les restes fumans de la trop malheureuse Ilium. On y voit les tombeaux prophanés et les urnes brisées, d'où se répandent les cendres des habitans de cette cité trop fameuse. Les Sept OEuvres de Miséricorde, qu'il a aussi gravés lui-même à l'eau forte, d'une maniere qui lui était particuliere, ont toujours été distingués parmi les bons ouvrages de Bourdon, comme d'excellens modeles de composition, et où il a fait preuve du meilleur goût. En homme instruit et plein de la connaissance de l'histoire, il a varié ses sujets par quelque trait qui rappelle de grands souvenirs.

Son œuvre en gravure est des plus considérables ; il y a sur-tout une suite de Saintes Familles et Fuites en Egypte, qu'il a variées à l'infini ; des Haltes de Bohémiens, et quelques sujets de Pastorales à l'Italienne ; une suite de très-beaux paysages, dont plusieurs d'une grande proportion. Nos plus célebres graveurs se sont exercés d'après les plus beaux tableaux de ce peintre, et nous ont laissé des estampes qui sont encore aujourd'hui fort recherchées des véritables connaisseurs.

Bourdon peignoit dans les appartemens des Tuileries, lorsque la mort vint le frapper, en finissant son ouvrage, en 1671, après avoir rempli une longue carriere, si l'on en juge par le nombre des ouvrages qu'il a laissés après lui.

Ce grand artiste, dont la mémoire sera toujours chere aux gens de goût, était à peine âgé de 60 ans ; les arts avaient encore droit d'attendre beaucoup de ses grands talens. Un travail opiniâtre avait altéré sa santé, qui fut toujours délicate, suivant la tradition qui nous est parvenue, et si l'on en juge par son portrait peint par lui-même, qui a été si long-tems dans les salles de l'Académie de Peinture, et qui est placé aujourd'hui au Musée-Napoléon.

Ses contemporains prétendent, peut-être avec quelque raison, que son talent commençait alors à décliner, et que ses derniers ouvrages étaient loin de valoir les premiers, cet artiste s'étant toujours laissé entraîner par son imagination brûlante, qu'il n'avait pas assez alimentée par des études sérieuses et approfondies sur son art. Sa mémoire prodigieuse qui lui retraçait sans cesse tout ce qu'il avait observé chez les autres, le faisait aussi changer de maniere, suivant les différens sujets qu'il avait à traiter.

Sa conversation était vive et animée, sur-tout quand il parlait de son art, sur lequel il discutait savamment avec les artistes et les amateurs qui ne le possédaient qu'avec beaucoup de difficulté.

Il était encore jeune lorsqu'il épousa la sœur du peintre Duguernier, homme sage et estimé à la Cour, dont les conseils lui furent souvent de la plus grande utilité pour tempérer la fougue de son imagination et de ses

passions. Duguernier lui procura les meilleurs ouvrages,
et ne put jamais parvenir à fixer sur Bourdon les faveurs
de la fortune qu'il dédaigna toujours. Il aimait tellement
sa liberté et la peinture, qu'il s'enfermait pendant des
mois entiers dans son atelier pour se dérober à ses meilleurs amis. Souvent il travaillait sans intérêt, pour obli-
ger le premier qui l'en priait : aussi ses immenses travaux ne lui procurerent qu'une fortune médiocre, sort
assez ordinaire des artistes doués d'une trop grande
facilité.

On retrouve dans tous les ouvrages de ce maître,
l'image de son caractere, tantôt vif et enjoué, et tantôt
mélancolique, qui fut peu propre à former des éleves.
On ignore s'il en a eu d'autres que ses deux filles, qui
peignirent fort bien la miniature.

Il faut conclure de tout ce que j'ai dit de cet artiste
singulier, et à jamais célebre dans notre école, dont les
tableaux ont pourtant de grandes beautés, qu'avec les
heureuses dispositions qu'il avait reçues de la nature, il
eût occupé le premier rang parmi les plus grands peintres, sans les circonstances qui vinrent l'arrêter au com-
mencement de sa carriere. Le génie bouillant de ce peintre devenu plus calme et plus docile par l'étude réfléchie
de l'antique, se serait créé un genre plus à lui. Il n'eût
point cherché à imiter la maniere de tous les peintres,
sans pouvoir jamais se fixer.

L'exemple de Bourdon ferait croire qu'un génie trop
abondant serait peut-être nuisible à l'artiste qui en est
doué, lorsque, joint à trop de facilité, il s'oppose à cet
examen réfléchi, à cette étude sérieuse qui conduisent

seuls à la perfection. Cet exemple, souvent répété par les maîtres, deviendrait une leçon bien utile pour les éleves qui, à peine initiés dans la carriere des arts, s'abandonnant à une sorte de facilité et à leur génie délirant, veulent produire d'eux-mêmes, avant d'avoir acquis comme Raphaël, Michel-Ange, le Poussin, et tant d'autres grands peintres, ce fond de connaissances nécessaires, cette étude réfléchie du dessin, et cette méditation sur les ouvrages des grands maîtres, sans lesquels il est impossible de devenir un artiste accompli.

De l'Imp. de Vt. Guilbert, rue Nationale, n° 29.

An 1806.

(11)

www.ingramcontent.com/pod-product-compliance
Lightning Source LLC
Chambersburg PA
CBHW061736180626
46818CB00006B/2646